# EN SURNOMBRE DANS
# L'ÉCONOMIE NATIONALE

## Mot de l'auteure

Les souvenirs et la mémoire sont choses fort différentes, et capricieuses.

La mémoire est un relais qui se transmet d'une génération bientôt disparue à la suivante. Un fossé les sépare, ceux qui y étaient et ceux nés après. Le témoin est passé aux «baby-boomers», soixante-huitards retraités, tout étonnés d'avoir vieilli, eux aussi. Ils reçoivent malgré eux cet héritage, sans le souhaiter mais sans pouvoir le refuser, au mieux avec gêne, au pire avec un ressentiment parfois exprimé aussi par leurs propres enfants.

La vraisemblance se mêle à la vérité, l'imagination aux faits historiques, avec des anecdotes qui peuvent toucher au-delà des personnes concernées.

Comme cela arrive souvent, la fiction pourtant sombre est dépassée par la réalité.

Eveline Rapoport

Eveline Rapoport

# EN SURNOMBRE DANS L'ÉCONOMIE NATIONALE

Roman

LES ALLUSIFS

Ouvrage publié sous la direction
de Florence Robert

*Nous remercions le gouvernement du Canada de son soutien financier pour nos activités d'édition par l'entremise du Fonds du livre du Canada. Nous remercions également le Conseil des arts du Canada et la Société de développement des entreprises culturelles du Québec (SODEC) du soutien accordé à notre programme de publication.*

© Les Allusifs inc., 2015
www.lesallusifs.com
ISBN 978-2-923682-43-3
Dépôt légal – Bibliothèque et Archives nationales du Québec, 2015

Diffusion et distribution
En France : Actes Sud – UNION DISTRIBUTION
Au Canada : Gallimard ltée – SOCADIS

Mise en pages : Compomagny
Illustration de la couverture : François Berger

*Imprimé en France*

*À Feigele*

«Je sais désormais que, ma famille une fois disparue, je ne pourrai pas faire revivre la culture dont, en toute candeur, je me croyais l'héritier.»

ALAIN FINKIELKRAUT, *Le juif imaginaire*, Éditions du Seuil, 1980.

Toute ressemblance avec des personnes et des situations réelles ou ayant existé n'est pas toujours une coïncidence fortuite.

# LE DÉPART

Arrivées depuis un bon moment, elles attendaient devant le panneau que s'affiche l'horaire du train. Dès qu'il apparut, elles se pressèrent vers le quai indiqué. Le train partait une demi-heure plus tard mais la mère aimait être en avance. Elles se hissèrent dans le wagon, la mère d'abord, poussée par sa fille. Puis la fille monta la valise de sa mère et grimpa sur le marchepied. Elle récupéra la valise, légère comme toujours, pour la durée du séjour. La vieille dame était engoncée dans les superpositions de plusieurs robes qu'elle avait enfilées les unes sur les autres, on ne sait jamais, si la valise se perd. Elle avait aussi quelques paires de bas et des culottes dans son sac à main. Elle n'aimait pas manquer de sous-vêtements propres. Elles s'assirent aux places assignées par leurs billets.

Elles se rendaient dans une ville de cure où la mère passait tous les ans quelques semaines pour des rhumatismes qu'on lui avait diagnostiqués des décennies plus tôt. On lui avait demandé si elle avait mal et dit qu'elle pourrait aller gratuitement se faire soigner en cure thermale jusqu'à la fin de ses jours. Quand on l'avait examinée, elle avait mal, partout, elle le leur avait dit, et les gens qui l'examinaient avaient peut-être pensé que ça ne durerait pas bien longtemps. Elle partait volontiers, elle retrouvait des connaissances, elle mangeait bien, la chambre était confortable.

Au début, elle voyageait seule. À présent, sa fille l'accompagnait et allait la chercher, le voyage était gratuit, pour toutes les deux. Comme disait la mère, elles avaient payé leurs billets d'avance, comptant et assez pour les transporter pendant toute leur vie. La Société nationale de transport s'était payée directement chez les voyageurs. Elles s'installèrent dans leur compartiment. La mère maugréait, comme toujours. «C'est pas propre, il fait froid, les gens mangent salement, ça sent mauvais.» Elle aimait l'ordre et les bonnes manières.

La fille sourit. Bercée par le roulis du train, elle ferma les yeux et le sommeil la gagna.

# LE TRANSPORT

La lourde barre métallique s'était refermée en bloquant la porte du wagon. Le monde qu'elles connaissaient venait de disparaître. Elles ne savaient pas où elles allaient ni ce qui se passerait à leur arrivée, ni même si elles arriveraient quelque part.

Rien ne ressemblait à ce qu'elles avaient connu avant. Elles ne seraient pas déçues car elles n'attendaient rien et elles ne seraient pas surprises car elles s'attendaient à tout. Pourtant, rien de ce qui arriverait par la suite ne ressemblerait à quelque chose qu'elles connaissaient, ou qu'on leur avait raconté, ou qu'elles avaient lu. Ce serait de l'inédit. Après tout, on ne connaît pas à l'avance les conséquences des choix qu'on se croit libre de faire. Sauf que là, elles n'avaient rien choisi. La chance, qui seule a régi leur destin collectif, leur a permis, sans raison logique, de revenir et de parler. Longtemps après, quand on les écouterait, un peu.

La mère tenait la main de sa fille qui tremblait contre elle, elle ne répondait pas à ses questions car elle n'avait pas de réponses. Il n'y en aurait pas jusqu'à leur retour. Plus que l'incertitude, c'était l'absence totale de logique qui allait désintégrer leur univers. On ne pourrait pas suivre les règles qui s'appliquent à tous et rassurent.

Des cris de terreur, des mouvements incessants les maintenaient les uns contre les autres, en équilibre. Elles ne pouvaient pas s'asseoir, la pression des gens entassés les empêchait de tomber. Les enfants et les petits ne posaient pas le pied à terre. Après un moment, les cris cessèrent, faisant place à des gémissements et des plaintes mêlés aux cris des bébés. Puis, ces bruits plus faibles s'arrêtèrent aussi.

Les regards se cherchaient ou se fuyaient. Les paroles étaient rares, car tous avaient fini par prendre conscience, comme elles, de la situation. C'est-à-dire qu'ils n'y comprenaient rien. Personne n'avait jamais vu ça et ne pouvait trouver d'explications satisfaisantes et logiques. Dans le silence entrecoupé de vagues bruits de fond, différentes odeurs naissaient. Au début, imperceptibles, insaisissables. Quand les voyageurs purent les identifier, les cris reprirent, atténués et moins nombreux, puis s'éteignirent.

# L'ARRIVÉE DU CONVOI

Le train s'était arrêté. Depuis l'intérieur silencieux du wagon, le bruit à l'extérieur était assourdissant : aboiements de chiens, cris dans des langues diverses, bruits sourds d'objets durs s'abattant sur des surfaces molles. Quelqu'un souleva la barre de fer et fit glisser la porte pour l'ouvrir. Certains occupants du wagon, placés juste derrière la porte, tombèrent. Poussés par la pression de ceux qui étaient derrière eux, ou par leur propre inertie, ils n'étaient plus en situation de ne pas tomber. Les debout descendirent et furent immédiatement ballottés au hasard, vers des groupes disparates. Les couples et les familles étaient séparés, les enfants selon le sexe et l'âge apparents avec ou sans leur mère ou leur père, les peut-être vieux, à cheveux blancs, invalides, blessés, ou les vraiment ridés, laissés à terre, les femmes avec des gros ventres, enceintes ou pas, à part.

Tout le monde s'était remis à crier, enfin, ceux qui pouvaient.

Elle serra la main de sa fille et leur tandem fut dirigé vers un groupe de femmes ni très jeunes ni très vieilles ni enceintes ni invalides. Un bonhomme voûté s'approcha d'elles sans les regarder, en boitillant, ses yeux baissés vers le sol. Elle regarda aussi vers le bas et remarqua ses drôles de chaussures : dépareillées, de tailles différentes, une trop grande, l'autre trop petite qui ressemblait à une chaussure de femme, il y avait même un petit talon. Sur les bords de la chaussure trop petite et sur la peau du pied nu qui dépassait, des croûtes suintantes s'étaient formées.

Il bouscula sa fille brusquement, sans ménagement tout en lui disant : « seize, seize », dans une langue que la mère comprenait, et aussi : « Joue de la musique », toujours dans la même langue, tout bas, ce qui les fit ralentir, tandis qu'un autre bonhomme voûté leur disait dans une autre langue d'aller plus vite. Au bout de cette file d'attente, un homme en blouse blanche était assis à un petit bureau. D'autres bonshommes voûtés l'entouraient, parlaient alternativement après lui dans des langues différentes. Les femmes interrogées répondaient aux questions traduites dans leur langue, leur réponse transmise en retour dans la langue du questionneur.

Des seringues et des scalpels dépassaient des poches de sa blouse blanche. Debout, derrière lui, se tenait un homme grand, très droit, en uniforme aux insignes sur les épaules et sur la poitrine, plus nombreux que sur aucun autre homme présent. Il jouait avec une cravache en cuir et tapotait les semelles de ses bottes cavalières. De temps en temps, il levait les yeux et posait sa cravache sur la tête d'une femme ni vieille, ni invalide, ni enceinte et la poussait vers un groupe d'autres femmes assorties.

Elle arriva devant le bureau, sa fille devant elle. Un des bonshommes voûtés demanda son âge à la jeune fille après avoir entendu la question de la blouse blanche dans une autre langue.

Elle ravala les seules larmes qu'elle produisit là-bas. L'image furtive du souvenir de l'anniversaire de sa fille fêté un mois auparavant parvint à son cerveau embrumé. Ce jour-là, la grand-mère de la jeune fille avait attrapé un morceau de saucisson tombé d'un bus et l'avait échangé avec la concierge contre quelques pommes de terre. Celle-ci l'avait considérée avec mépris et condescendance. Avec les tubercules, l'aïeule avait confectionné un délicieux gâteau sur lequel la famille avait planté 14 bougies du vendredi, vite soufflées pour pouvoir resservir. La fille ouvrait la bouche pour répondre à la question quand sa mère lui pinça brusquement le bras et répondit à sa place dans sa langue. Un bonhomme voûté transmit la réponse dans l'autre langue à la blouse blanche : seize ans. L'homme en uniforme se prépara à poser sa cravache sur la tête de la jeune fille et la mère ajouta qu'elle jouait du violon, le bonhomme voûté ajouta une phrase à l'attention de la blouse blanche. Le regard que lui lança sa fille lui donna presque envie de sourire en pensant aux quatre années de leçons hebdomadaires, précédées ou suivies de disputes qui aboutirent à l'arrêt définitif de l'apprentissage. Elle aurait voulu que sa fille fasse du piano, comme elle, le violon prenait moins de place dans l'appartement exigu. La cravache resta en l'air et l'homme en uniforme eut une expression qui lui rappela une méduse échouée sur la plage de ses vacances. Pendant que la méduse semblait réfléchir, la blouse blanche commença à interroger la mère.

Elle se rajeunit comme elle avait vieilli sa fille, pas trop pour qu'on ne soupçonne pas qu'elle puisse être enceinte, suffisamment pour qu'on ne pense pas qu'elle était invalide ou malade. Avant de répondre à la question sur sa profession, elle eut le temps de remarquer des taches rouges sur les joues de la méduse, ses yeux un peu brillants et des gouttelettes sur son front. Cela lui rappela les malades qu'elle rencontrait dans les couloirs du service de phtisiologie où son mari, professeur au Collège de médecine, avait été muté, avant son exclusion définitive du service. Elle réfléchit une fraction de seconde en essayant d'évaluer les compétences de la blouse blanche comme médecin, et celles de la méduse comme chef. Il y avait des seringues et des scalpels dans la blouse blanche, mais elle ne voyait pas de stéthoscope autour de son cou ni de marteau à réflexes, comme en portait son mari qu'elle allait chercher à l'hôpital, avant son renvoi. Tout en saisissant la main de sa fille qui avait toujours la cravache au-dessus de la tête, elle répondit à la question du chef traduite par le bonhomme voûté en pyjama rayé, le calot à la main. La réponse fut traduite à la blouse blanche et entendue par la méduse : médecin, en préventorium. La cravache fut retirée de la tête de la fille, atterrit sur celle de la mère, laquelle fut dirigée dans un coin isolé, traînant l'adolescente dont elle tenait la main bien serrée dans la sienne. La blouse blanche leva les yeux vers la méduse qui ne fit aucun geste.

Elle pensa souvent par la suite que ces quelques minutes à leur arrivée avaient constitué l'événement unique qu'elle pouvait comprendre de leur séjour, jusqu'à leur retour dans le monde qu'elles connaissaient, avant. Elle avait réfléchi et agi comme elle avait l'habitude de le faire, malgré les circonstances inhabituelles, voire inouïes qu'elle n'aurait jamais imaginées, ni personne d'autre d'ailleurs. La période qui suivrait leur arrivée, jusqu'à la fin de leur séjour, serait une lente attente passive, elle serait la spectatrice de scènes hachées incompréhensibles qui glisseraient comme sur un écran de cinéma.

## LES AUTRES

De son coin près de la méduse, la main de sa fille serrée dans la sienne, la mère retrouva quelque esprit et regarda autour d'elle. Elle ne reconnaissait rien, ne comprenait rien. C'était de l'inédit. D'autres gens regardaient comme elle, sans comprendre, mêlés à ceux qui ne regardaient pas, pris dans la chape de terreur qui les agitait. Au cours du temps, elle serait témoin d'autres scènes inédites, toujours plus étonnantes, qu'elle ne comprendrait pas davantage. Elle les raconterait, ou pas. Des gens ne la croiraient pas, ceux qui la croiraient ne pourraient pas supporter de l'écouter. Pourtant, eux n'y étaient pas. Chacun ses limites. Elle se demanderait où était la sienne, de limite. Peut-être que ceux qui avaient atteint leurs limites en mouraient. Enfin, ceux qu'on ne tuait pas directement, les plus nombreux. Il y en avait aussi qui se tuaient avant, ils avaient choisi la leur, de limite, c'était la clôture du terrain, qui s'était révélée électrifiée.

Il y avait les autres, comme elles devenus très maigres, qui étaient tombés très malades et n'avaient pas atteint leurs limites. Ils n'avaient pas été tués, direct, et n'avaient pas croisé, un soir, le chef, ivre, qui jouait avec son arme. Il n'y en avait pas beaucoup. Ils reviendraient, deviendraient des survivants, des rescapés. «Vous avez été en enfer», diraient certains.

Elles ne répondraient pas, ne sachant pas quoi dire. De l'enfer, on ne revient pas, et des petits enfants qu'elles verraient disparaître, on ferait des anges partis au paradis. On peut bien dire ce qu'on veut, après tout.

Elles avaient faim et soif, mais l'étau de terreur qui les serrait ne laissait pas de place aux sensations qu'elles avaient l'habitude d'éprouver.

Les jeunes enfants avaient été séparés de leurs mères. Ils étaient trop fatigués et hébétés pour réagir, mais la séparation entraîna des scènes d'hystérie de la part des mères.

La méduse poussa des soupirs, donna des ordres probablement sur un ton trop doux pour produire quelque effet. Des bonshommes en loques commencèrent à frapper au hasard les femmes et les enfants qui pourtant étaient bien tranquilles (le bruit sourd sur les surfaces molles) mais les femmes ne se calmaient pas. La méduse sortit son arme et tira quelques coups de feu, peu nombreux mais pas en l'air. Quelques enfants tranquilles le devinrent encore plus et quelques femmes s'arrêtèrent de crier et tombèrent. Les autres femmes ne tombèrent pas mais s'arrêtèrent de crier aussi, alors des enfants s'y remirent. On les emmena dans une charrette, bien entassés. De ce groupe, des femmes avaient disparu, d'autres avaient été revues mais pas avec leurs enfants. Il n'y avait plus de bruit, la mère aussi était silencieuse. Non seulement elle n'avait jamais vu ça, mais elle n'avait jamais imaginé ça. Les autres non plus, sûrement. Après ça, tout le monde partit dans des directions différentes. Il y eut la séparation définitive des hommes (avec les garçons) et des femmes (avec les filles). La méduse fit signe à la mère de le suivre, elle tenait toujours sa fille qui commençait à pleurer. La mère pensa que c'était bon signe, c'était normal, quoi.

# L'ÉTÉ

La méduse marchait devant, en sifflotant, agitant sa cravache. Des bonshommes en haillons les croisaient, la tête baissée. Ils enlevaient leurs calots et se grattaient la tête, la méduse s'écartait. Il faisait chaud, il y avait un tuyau qui laissait s'écouler une eau marron. Les deux femmes avaient penché leur visage sous le robinet, bu quelques gouttes, reçu un coup de cravache, s'étaient cogné la tête au tuyau en la relevant. Elles reprirent leur marche. Le paysage était paisible, l'herbe verte et fournie mais on ne voyait pas d'oiseaux. De grandes cheminées évacuaient une fumée épaisse et nauséabonde.

Au début, la fille croira que l'on jetait les gens vivants dans le feu. Quand elle apprendra qu'ils étaient tués avant, elle sera soulagée, allez savoir pourquoi. Elle avait toujours eu peur du feu. Ils longeaient des baraquements bas et allongés. Un peu plus loin, il y avait des tourelles et des clôtures métalliques. Les baraquements et les bonshommes s'espacèrent. Une maison pimpante entourée de parterres de fleurs apparut. Le chef monta les quelques marches du perron et leur fit signe d'attendre. Il entra, elles entendirent une conversation entre un homme et une femme. Ils n'avaient pas l'air d'accord, le ton était vif. Le chef ressortit en parlant avec une femme, c'était ceux-là qui parlaient dans la maison. La femme les regarda d'un air dégoûté et leur montra un autre tuyau puis rentra dans la maison. Elles ne savaient pas quoi faire, regardèrent la cravache du chef, il hocha la tête, l'air de dire : allez-y. Elles burent au tuyau, la femme ressortit avec une bouteille de détergent qu'elle tendit en montrant le tuyau. Elle regarda le chef, lui dit quelques mots. Il prit le tuyau et la bouteille et les aspergea des deux liquides. Ça piquait fort, les yeux, le nez, la peau. Il ferma le robinet, trop tôt, ça piquait encore. La femme rentra, puis ressortit très vite avec une écuelle qu'elle donna aux deux femmes. Un chien aboya. Ça piqua dans la bouche et dans la gorge, mais elles se sentirent moins faibles.

Après, dans le monde d'avant, les enfants de la fille, devenue grand-mère, auront un chien, nourri avec les restes, on ne jette rien. Les deux femmes y seront assez indifférentes, c'est un chien, quoi. Un jour, le chien d'une famille amie mourra et le leur héritera d'un stock de boîtes pour chien. En voyant l'écuelle du chien, la grand-mère dira : ça doit lui piquer la langue et la gorge. Les enfants avaient l'habitude, Mémé dit n'importe quoi.

Malgré la chaleur, elles avaient froid dans leurs vêtements mouillés. Le chef entra dans la maison avec la femme. Elles ne savaient pas quoi faire, elles étaient exténuées. Elles s'étaient assises sur les marches du perron et s'étaient endormies. Un coup de cravache sur les jambes les réveilla, il y avait un tas de vêtements à côté d'elles et quatre chaussures de quatre modèles différents, de quatre tailles différentes aussi. Le chef pointa sa cravache sur leurs vêtements, puis sur les vêtements posés devant elles et se retourna. Elles ôtèrent leurs vêtements mouillés et enfilèrent les vêtements secs. Ils grattaient, étaient épais. Elles avaient chaud. Elles essayèrent les chaussures, aucune n'allait à aucun des quatre pieds. La mère donna les chaussures trop grandes à sa fille qui eut une drôle de démarche. Elles rirent. La mère mit les chaussures trop petites, des cloques suintantes se formèrent.

Dans le monde d'après, elles auront une passion des chaussures, en cuir souple, légères, avec des tas d'ouvertures pour laisser à l'air libre les endroits douloureux. Elles iront même jusqu'à s'en faire fabriquer sur mesure. Elles s'étonneront des longues polémiques à ce sujet, c'est normal, quand on a mal aux pieds. Les vendeuses prendront aussi l'habitude de les voir mesurer attentivement les deux chaussures et s'assurer qu'elles ont bien la même taille.

Elles avaient maigri, ensemble mais pas au même rythme. La fille était mince, elle est devenue maigre puis très maigre, la peau fine et parcheminée sur ses os durs. Son visage était pâle, ses yeux enfoncés, sa voix faible. Pourtant, elle mangeait tout ce qu'elle trouvait et ce que sa mère lui donnait, des choses qu'elle ne connaissait pas, que sa grand-mère ne lui aurait pas laissé manger. Ses vêtements flottaient, ils grattaient moins, ils étaient devenus moins épais aussi. Ou alors, il faisait moins chaud.

La mère aussi maigrit. Elle devint mince, comme elle avait toujours souhaité l'être, mais pas pour longtemps. Elle ne put en rester là, elle devint maigre, puis très maigre, comme sa fille. Elle ne l'aurait jamais cru. Leurs règles disparurent, presque en même temps. Celles de la mère ne réapparurent jamais. Les difficultés pour trouver des chiffons, pour empêcher le sang de couler sur leurs jambes, aussi, du coup. Parfois, quand elles avaient encore leurs règles, mais qu'elles étaient là depuis un moment déjà, le sang coulait, mêlé aux matières qu'elles expulsaient au cours de coliques. Plus tard, il n'y aurait que les matières, toujours pas de chiffons.

Elles travaillaient en même temps, mais pas au même endroit. Parfois au même endroit, mais pas en même temps. La fille allait dans un atelier, elle fabriquait des pièces de métal que la mère assemblait plus tard. Parfois, c'était la mère qui fabriquait, et la fille qui assemblait. Elles ne savaient pas ce que ça donnait, à la fin.

Elles se retrouvaient le soir pour dormir sur la même planche. Elles se blottissaient l'une contre l'autre et se berçaient.

Elles avaient toutes deux un second travail. Un jour, le chef avait tendu un violon à la fille et lui avait montré du doigt un groupe qu'elle devait rejoindre pour jouer avec eux. Elle ne se rappelait plus comment faire et avait eu peur que le chef lui demande de jouer pour lui. Mais une cloche avait retenti et il avait dû aller voir ce qui se passait. Il était rentré tard, ivre, et avait oublié le violon. En peu de temps, la fille avait réappris et joué pour montrer au chef. Un de ses anciens professeurs, auparavant soliste dans un orchestre, faisait partie du groupe. Elle en savait maintenant assez pour remplacer les musiciens qui disparaissaient l'un après l'autre et ne revenaient jamais.

Elle jouait pour les uniformes et la blouse blanche, qui chantaient et riaient sur la musique de l'orchestre. Elle jouait aussi pour ceux qui avaient fait le même voyage qu'elles, des hommes, des femmes, qui devaient défiler devant l'orchestre. Ceux-là ne riaient pas et ne chantaient pas, ils passaient une seule fois et on ne les revoyait pas. Après, elle ne jouera plus jamais, elle n'avait pas voulu jouer avant non plus.

Elle avait eu faim, elle était tombée malade, comme tout le monde, mais elle n'avait pas défilé devant les musiciens sans chanter ni rire et ne jamais revenir. C'est grâce au second travail de sa mère qui avait déclaré qu'elle était médecin, en préventorium. Elle était le médecin personnel du chef et de sa famille. Il lui avait donné un stéthoscope et un marteau à réflexes qu'il gardait chez lui, c'est pour ça que la blouse blanche n'en avait pas. Il n'en avait pas vraiment besoin.

Avant, avec son mari et sa fille, ils jouaient parfois au docteur. Elle écoutait le cœur pur et les poumons clairs de sa fille et s'amusait avec le marteau à taper sur ses genoux et faire sauter ses jambes. Quand elle posa pour la première fois le stéthoscope sur le dos droit du chef, elle hocha la tête d'un air entendu. Des bruits retentissaient dans le cornet, des sifflements, des souffles, des râles, il y avait des silences aussi, là où l'air aurait dû glisser. Quand elle toussa comme elle avait vu son mari le faire, pour lui montrer l'exemple, il toussa à son tour. Elle entendit un grondement, des gargouillis et s'arracha l'appareil des oreilles. Devant son air effrayé, il éponge son front, ses joues rougirent et ses yeux brillèrent davantage. Il lui montra des boîtes de pilules et des ampoules qu'elle considéra avec attention toujours en hochant la tête. Quand elle avait peur en écoutant son dos, il s'enivrait et sortait en prenant son arme. On entendait alors des tirs et des cris du côté des baraques. Elle apprit à sourire quand elle posait son appareil sur lui et conseilla des pilules qu'il prenait consciencieusement. Il continua à s'enivrer et à aller du côté des baraques, après les disputes avec sa femme. Parfois, il recevait une lettre officielle avec des tas de tampons, et il allait aussi du côté des baraques avec son fusil après l'avoir lue. Un jour, la mère trouva une de ces lettres et la parcourut rapidement, remplie de peur qu'on la surprenne. C'était une lettre de félicitations pour son travail si utile au pays et son courage dans l'accomplissement des tâches ingrates que tous ses concitoyens n'acceptaient pas de faire. D'ailleurs, on lui proposait de prendre quelques vacances ou de le remplacer s'il le souhaitait. Bien sûr, le salaire ne serait pas le même ni le logement.

Sa femme aimait bien le poste de chef de son mari et la maison pimpante au milieu des massifs de fleurs.

Alors, il resta, s'enivrait et contemplait son mouchoir teinté de rouge. La mère lui souriait doucement et parfois elle plaçait son stéthoscope sur son dos pour l'empêcher d'aller vers les baraques avec son fusil. Il lui fit écouter le cœur et les poumons de ses enfants, ils étaient purs et clairs comme ceux de tous les enfants. Elle les amusa avec le marteau. Pour la femme du chef, elle ferma le conduit de transmission de l'appareil et n'entendit rien.

# L'AUTOMNE

Après, la mère sera toujours étonnée par la réaction des gens à la vue des chiffres sur son avant-bras. Ils auront peur, n'oseront pas lui serrer la main. Elle ne les montrera pas mais elle ne les cachera pas non plus, ils étaient visibles l'été avec un vêtement sans manches. Elle pensera brièvement à les faire enlever mais on aurait vu la marque, on se serait demandé ce que c'était. Des amis qui les retireront lui diront que ça faisait mal.

Plus tard, quand tout le monde saurait, ils détourneraient la tête et ne demanderaient rien, sauf les enfants. Sa petite-fille lui avait demandé un jour si elle avait eu mal quand on les avait gravés, elle avait répondu : «Non, pas au bras.» La petite-fille avait regardé sa grand-mère sans comprendre et n'avait pas demandé où elle avait eu mal. Elle avait l'habitude des drôles de choses que sa grand-mère lui disait, elle pensait qu'elle déraillait. Elle caressait le dessin sur le bras de sa grand-mère qui la laissait faire, sa grand-mère savait que les enfants n'aiment pas toucher les vieux.

La grand-mère s'était habituée au dessin sur son bras. Au sien. Pas à ceux qu'elle voyait sur la peau des jeunes gens qui payaient pour se faire tatouer des dessins et devant lesquels elle détournait le regard. Comme eux devant le sien. Certains jeunes se faisaient tatouer les numéros inscrits sur les bras de leurs grands-parents, quelle idée, disaient les vieux.

Peut-être que le numéro était le seul souvenir qui restait, pour les autres. Certains dirent que ce n'était pas une preuve. D'ailleurs, certains revenus de là-bas n'en avaient pas, de numéro, allez savoir pourquoi. On ne leur posait pas de questions à ce sujet, évidemment, mais ils s'énervaient car les gens étaient étonnés quand ils disaient qu'ils y avaient été, là-bas. Les gens s'étonnent de tout. La mère portait un pendentif en or, au bout d'une chaîne, en or aussi, du même modèle que le morceau de tissu jaune qu'elle avait été obligée de coudre sur ses vêtements, avant de partir là-bas. Elle n'avait pas de convictions ni de croyances particulières, la seule réponse qu'elle opposait quand on lui demandait pourquoi elle le portait était : « Je les emmerde. » Sa fille se mettait en colère mais ça faisait bien rigoler les enfants. Des fois, sa petite-fille lui racontait des trucs qui arrivaient à leurs amis, une jambe cassée, un porte-monnaie perdu, elle hochait la tête : « C'est dommage » et après quelques secondes, elle ajoutait : « J'aime mieux que ce ne te soit pas arrivé, à toi. » Elle aimait sa petite-fille.

Celle-ci rigolait bien avec sa Mémé, elle écrivait ses lettres à sa place avant son départ à la cure. La vieille dame les mettait dans sa valise et les envoyait à sa fille en arrivant à l'hôtel où elle séjournait : « Je vais bien, je suis bien arrivée, on mange bien, j'ai une belle chambre. » Parfois, elle n'avait pas de lettre écrite à l'avance, alors elle l'écrivait elle-même, comme elle pouvait. Elle parlait et écrivait deux langues, mais pas celle des enfants qui ne connaissaient pas les siennes. Ils ne voulaient pas les apprendre, ou alors c'était elle qui ne voulait pas leur parler, c'était difficile de savoir. Quand on lisait la lettre à haute voix, on avait le même accent que la vieille dame, les enfants riaient, écroulés. À la fin de la lettre, c'était l'apothéose, les enfants se roulaient par terre sur le : «Je vous brasse très fort.» La fille se fâchait : «Comment pouvez-vous vous moquer de Mémé?» Ils étaient étonnés, ils ne se moquaient pas, ils l'aimaient tant.

L'enfant l'aidait à faire sa valise, peu remplie, elle l'aidait à enfiler plusieurs robes l'une sur l'autre, on ne sait jamais. La petite fille aimait les histoires de sa grand-mère, elle croyait que toutes les grands-mères racontaient les mêmes. Elle disait : «Raconte, Mémé, raconte.» Alors des fois, la Mémé racontait des histoires de là-bas, pas longtemps, jusqu'à ce que la petite fille se tortille sur sa chaise. Elle racontait aussi des histoires qui la faisaient rire. «Pourquoi tu n'as pas eu un autre mari?» «Y avait la queue dans l'escalier, ça ne s'est pas fait, c'est tout.» Aux beaux jours, le dimanche, la famille partait se promener en voiture, le père des enfants conduisait. Alors, la grand-mère se mettait à parler, à raconter là-bas. Enfermés dans la voiture qui roulait, ils ne pouvaient qu'écouter en silence. L'enfant devenue grande n'oubliera rien de ces histoires, racontées avec distance, comme si c'était arrivé à quelqu'un d'autre. Irritée parfois, elle se demanderait jusqu'à quand on les répéterait.

Un documentaire avait montré des interviews «Victimes et Témoins», c'était le titre. Un journaliste astucieux avait posé une question : «Qu'avez-vous appris de votre expérience là-bas?» Une dame encore jeune (elle était partie adolescente) avait souri : «Rien, nous n'étions pas là-bas pour apprendre. La leçon est pour les autres, qu'ils la retiennent. C'était comme un film dans une salle sombre et fermée, vous n'aviez pas choisi le programme, l'image était floue, le son inaudible, vous ne saviez pas combien de temps il allait durer et vous ne pouviez pas sortir. De temps en temps, un des spectateurs tombait de son fauteuil, et les autres se demandaient quand leur tour arriverait.» La grand-mère aimait beaucoup le cinéma, elle sortait quand elle trouvait le film mauvais ou attendait la fin, elle avait payé sa place quand même. Elle riait aux scènes effrayantes ou tristes, elle disait : «C'est du cinéma.» En sortant de la salle avec sa petite-fille, elle riait haut et commentait le film avec son accent et des mots étrangers qui émaillaient ses propos. L'enfant la faisait taire, gênée. Devenue adulte, la petite-fille aura honte de son embarras et voudra réapprendre cette langue exotique entendue dans son enfance.

Pour le reste, les squelettes ambulants qui étaient descendus des trains de retour avaient repris du poids, assez vite d'ailleurs pour que l'on puisse douter qu'ils avaient pesé moins de trente kilos. D'ailleurs, là-bas, il n'y avait pas de balance. La mère aussi, squelette parmi les autres, avait repris du poids. Elle n'avait pas cru cela possible comme elle n'avait pas imaginé qu'elle pouvait en perdre autant. Elle repassa au stade maigre, puis mince, auquel elle essaya de s'accrocher. Elle voulut manger moins pour ne pas grossir plus, de même qu'elle avait voulu manger plus pour ne pas maigrir davantage. Sans plus de succès. Son entourage, bien intentionné, soupçonneux plus qu'inquiet, ne lui permettait pas de refuser les portions supplémentaires qui lui firent rattraper puis dépasser son poids d'avant.

À sa mort, la mère passera du statut de survivante à celui de survivante décédée. La fille avait lu un livre qui parlait de ça, et ça l'avait fait rire. Elle rit aussi devant le cercueil, ce qui fera penser à l'assemblée présente qu'elle ne se remettrait pas et qu'elle commençait à perdre les pédales. Elle avait l'habitude. La mère, devenue arrière-grand-mère, mourra très âgée. Certains penseront que ça n'avait pas dû être si affreux que ça, elle avait duré bien longtemps, après tout. Le soir de l'enterrement, la famille et les amis se réuniront chez la fille pour manger, boire et se raconter des souvenirs. Un des enfants dit à la fille : «C'est bien, la fête de Mémé.» La petite-fille de la mère racontera un événement. Ses parents avaient fait venir un notaire chez la vieille dame qui voulait lui donner son appartement, pour après. Elle avait oublié depuis, mais la famille pensait qu'elle était d'accord. Elle répétait toujours : «J'ai un bel appartement, j'ai besoin de rien, tout est pour vous.» Elle aimait bien son appartement, il avait deux entrées. Quand elle l'avait acheté, elle avait dit : «C'est pratique, si on ne peut pas sortir par une porte, on peut passer par l'autre.» Elle disait toujours n'importe quoi. Le notaire était arrivé, un peu solennel. Il avait nommé les personnes présentes, sa fille, qu'elle trouvait trop vieille, sa petite-fille – elle avait cherché en vain une fillette sautillante qui courait partout –, son gendre qu'elle n'avait pas regardé. Elle avait du mal quand sa fille et sa petite-fille venaient ensemble, toutes deux avaient des cheveux blancs, elle ne comprenait pas. Le notaire lui avait rappelé qu'elle souhaitait donner son appartement à sa petite-fille, pour plus tard. Elle avait entendu : donner son appartement. Elle avait dit bien fort : «Mon gendre me prend tout», dans une langue que le notaire ne comprenait pas, heureusement. Le notaire lui avait répondu : «Madame, ne parlez pas dans une langue étrangère, je ne vous comprends pas.» La vieille dame avait entendu : étrangère. Très agitée, elle avait crié : «Étrangère !! J'ai tous mes papiers, je vote, je ne signerai rien.» Le gendre était dans un coin, plié en deux, son mouchoir sur les yeux. La fille était gênée, essayait de calmer sa mère, lui disait : «Mais si, tu sais, c'est pour l'enfant.»

La petite-fille, jeune adulte aux cheveux déjà blancs, se tenait à côté de son père, riait aussi. La Mémé s'était calmée : «Bien sûr, c'est pour l'enfant.» Elle avait cherché des yeux l'enfant sautillante qu'elle aimait. La petite-fille lui avait dit : «Je suis là, Mémé.» «Mais non, tu n'es pas ma petite-fille, tu es trop vieille.» Elle avait soupiré et signé les papiers du notaire.

# L'HIVER

Elles ont froid. C'est nouveau, là-bas, mais elles ont déjà vu ça, avant. Avant, elles n'avaient pas besoin de s'habituer, le froid glissait sur leurs vêtements chauds, qu'elles quittaient sans y penser, le moment venu. Là, elles devront s'y faire, comme à la faim et à la fatigue, qu'elles ont connues aussi, juste assez pour les reconnaître. Elles n'ont déjà plus leurs règles mais les coliques salissent toujours leurs jambes. À présent, elles peuvent se laver avec la neige, et leurs vêtements aussi. Elles ont oublié qu'elles ont eu froid l'été en arrivant, avec leurs vêtements mouillés. Maintenant, c'est l'hiver, c'est différent.

La souffrance des autres, elles ne la voient pas, elles n'ont pas besoin de s'y habituer. Elles ne voient rien autour d'elles, c'est trop loin. Elles ne pensent pas à plus tard, c'est trop loin aussi, même quelques minutes. D'ailleurs, elles n'ont pas l'heure. Elles évitent la cheminée, mais la fumée se voit et se sent de partout. Elles n'ont plus que des sensations qui surgissent sans prévenir. Tout est nouveau, mais elles ne s'étonnent de rien. Parfois, la mère s'étonne de ne pas être étonnée, ça ne dure pas longtemps. Elles voient, sans regarder. Elles entendent, sans écouter, la fille, sa musique, la mère, les bruits dans le stéthoscope. Elles sentent, toujours la cheminée, parfois l'odeur qui monte de leurs jambes sur lesquelles colle une boue indéterminée, qu'elles vont vite laver dans la neige. Elles ne reconnaissent pas le goût de ce qui glisse vers leurs estomacs contractés, pourtant elles en voudraient davantage. Elles sentent l'odeur de cette sorte de boue collée sur leurs jambes. Elles se pressent l'une contre l'autre le soir, pour s'endormir et se réchauffer. Leur esprit est encombré par la faim, la soif, la peur, la fatigue, la faiblesse de leur corps, il est tendu vers la résolution de ces problèmes si importants pour elles et si nouveaux aussi. Ailleurs, avant, quand elles avaient faim, elles mangeaient, froid, elles se couvraient davantage ou allumaient un feu. Quand elles étaient fatiguées, elles allaient se coucher. À présent, tout est plus difficile et prend plus de temps et d'énergie. Alors, elles ne pensent plus à autre chose. Les souvenirs de leur vie passée sont repoussés. Ce n'est pas important, elles n'ont pas le temps, leur vie a changé.

Le froid, au moins, elles savent que ça s'arrêtera, elles savent même quand, mais c'est long. À leur grand étonnement, elles sont impatientes de ne plus avoir froid. Ce sera leur seul étonnement, avec la fin, et leur seule impatience. Pour le reste, elles ne savent pas si ça s'arrêtera, ni quand, mais elles ne s'étonnent pas et ne s'impatientent pas. Elles attendent.

Plus tard, devenue vieille, la fille recevrait une assurance-vie oubliée qu'une grande banque nationale avait été obligée de restituer après des années de tractations : « Vous comprenez, personne ne l'a réclamée. » C'était un petit compte, que son père avait ouvert quand elle était enfant, soixante-dix ans auparavant. Le faible capital de départ avait généré des intérêts conséquents sur deux générations. C'était inédit. Elle qui n'avait jamais dépensé un sou de trop, pour elle, s'offrirait deux manteaux de fourrure d'un coup. Par peur du froid, sans doute.

La mère n'aura pas l'argent, il arrivera trop tard pour elle. De toute manière, elle avait déjà un manteau chaud. En même temps que l'assurance-vie, la fille avait reçu une carte de transport gratuit, valable pour les transports souterrains, le bus, le réseau de banlieue. Le train était gratuit déjà depuis longtemps. La lettre d'accompagnement indiquait : « Orpheline de guerre ». Elle avait ri et pleuré en même temps, elle avait quand même plus de soixante-dix ans, quoi.

Elle rangeait tous ses papiers dans une boîte à chaussures avec deux photos, le médaillon militaire de son père engagé volontaire, le morceau de tissu jaune en lambeaux qu'elle avait cousu sur ses vêtements. Les papiers étaient très officiels, bien écrits, des convocations, des attestations, des certificats. Un document attirait toujours son attention : il indiquait l'état civil, l'adresse et la profession du père, sa situation de famille, la date à laquelle il avait été « concentré » et le motif de l'internement : « EN SURNOMBRE DANS L'ÉCONOMIE NATIONALE* ». Cette mention était suivie d'une date, celle à laquelle il avait été « muté ». Ensuite, personne ne l'avait jamais revu. Un autre document était signé par un sous-officier qui attestait que le père avait été « hébergé » dans le baraquement qu'il administrait.

Il aurait pu se sauver, sortir tout simplement, certains l'ont fait, ceux qui ont été repris ont été fusillés, c'étaient de dangereux terroristes. Ils avaient peur aussi des représailles sur leurs familles. L'époque était troublée, on ne savait pas quoi faire, ce qui était autorisé un jour était puni le lendemain. Et puis, il

---

* Voir le document reproduit à la page 75 du présent ouvrage.

s'était engagé volontaire, il avait fait son devoir de citoyen, il était en règle. Il était confiant. Il ne savait pas que les règles avaient changé. Bientôt, il n'y aurait plus de règles du tout, ou plutôt si, des nouvelles, édictées seulement pour eux, absurdes et incompréhensibles, parfois contradictoires : de nombreuses professions leur étaient désormais interdites mais ils étaient considérés comme des parasites inutiles. Cela facilitait la tâche de ceux qui avaient inventé ces réglementations. Mais pour ceux qui les subissaient, la vie était devenue difficile. Ils s'inquiétaient, l'avenir était incertain, leur existence menacée. Certains avaient l'impression qu'ils ne pouvaient plus vivre tout court. Ils secouaient la tête, incrédules : «Comment est-ce possible ?» Avant son départ définitif, sa femme et sa fille allaient rendre visite au père. Sa femme était même allée voir les autorités pour réclamer la libération de son mari. Petite femme timide et réservée, elle avait bravé les gardes à l'entrée et fait irruption dans un bureau à dorures. Malgré son accent, elle avait «exigé» des explications et le motif de l'incarcération. «Il y a une erreur, il faut le libérer tout de suite», avait-elle dit en brandissant les papiers militaires. Elle n'avait pas montré les diplômes et les distinctions professionnelles. Le nouveau décret était paru, interdisant entre autres la profession de médecin hospitalier à certaines catégories de personnel. Interloqué, le fonctionnaire lui avait dit gentiment de rentrer chez elle. On s'occupait du cas de son mari. Pas encore de celui des familles, ça viendrait plus tard. Il était bien traité, nourri correctement, à ne rien faire, disaient certains de ses gardiens. Un jour de visite, on leur avait dit qu'il était parti, personne ne savait où, travailler à l'est, peut-être. Ils avaient besoin de médecins, là-bas aussi.

À leur retour, la mère et la fille seront très occupées. La fille retournera à l'école. Elle avait été bonne élève mais aura du mal à rattraper le retard. À part le violon, elle n'a pas fait grand-chose là-bas, et le violon, elle ne voudra plus en entendre parler. D'ailleurs, elle n'en aura plus et ses professeurs ne seront plus là. À l'atelier, là-bas, un jour, elle avait trouvé toute seule le moyen de fabriquer un engrenage à l'envers. Ça ne devait pas se voir jusqu'au moment du montage, le mécanisme se bloquerait et deviendrait inutilisable. Elle avait raconté sa journée à sa mère. Saisie de peur, celle-ci l'avait doucement réprimandée. Elle n'avait pas la force de se mettre en colère. On ne pouvait pas remonter jusqu'à l'ouvrière responsable (il n'y avait pas de fiche signalétique) mais on pouvait punir tout l'atelier. C'était du sabotage, quoi. Elle ne recommença pas, elle était contente quand même, presque fière. Son invention ne fut pas très utile à son retour.

La mère, elle, devait s'occuper de tas de paperasses au sujet de son mari. On lui avait fourni quelques documents qu'elle avait rangés dans la boîte à chaussures mais elle n'avait plus rien sur avant, ni sur après. C'était comme s'il n'avait jamais existé. Elle avait besoin d'un certificat de décès, si banal. C'est normal, ça ne suffit pas de dire que quelqu'un n'est pas là, ce n'est pas pour ça qu'il est mort, surtout si on ne peut pas montrer qu'il était vivant, avant. Après tout, elles étaient bien revenues, elles. C'est vrai, ce n'était pas prévu. Elles sentaient bien que lui ne reviendrait pas. Il était parti bien avant elles, et déjà plus personne ne revenait. Comme les personnes déclarées manquantes étaient de plus en plus nombreuses, les autorités administratives finirent par accepter des déclarations sur l'honneur de « témoins oculaires» du décès (ou de l'«inhumation», ce terme était inutile mais légal). Quelquefois, les familles posaient des questions, montraient des photos quand elles en avaient. Elles étaient témoins, elles aussi. Elles mentaient pour les épargner, elles n'avaient pas vu grand-chose. Elles mentaient encore plus quand elles avaient vu. Elles n'ont jamais reconnu quelqu'un qui ressemblait aux photos, ils étaient si bien mis et souriants.

Désormais, elles possédaient un certificat de décès pourvu d'une date qu'elles honoraient chaque année en allumant une bougie selon la tradition. La mère était déclarée veuve aussi, pour les papiers, c'était pratique. Comme cause du décès, un fonctionnaire avait mentionné: «Extermination». Aux rescapés, ils demandèrent des certificats de vie et des preuves de leur séjour là-bas, elles n'en avaient pas. Elles se présentaient dans les services adéquats, on voyait bien qu'elles n'étaient pas mortes, mais l'identification était compliquée. Comme personne d'autre ne se présentait en leur nom, ça finit par passer. Elles ou d'autres, quelle différence? Quand même, il y en avait tellement qui n'étaient pas revenus, il y eut de la méfiance. Les gens raisonnaient comme avant, comme on avait l'habitude, quoi. Si presque personne n'est revenu, alors quoi, hein? Elles auraient presque eu peur. Mais elles savaient que les règles étaient redevenues comme avant, ils s'y feraient. D'ailleurs, ils se contentèrent des certificats, si quelques-uns les regardaient de travers, elles finissaient par montrer leurs bras furtivement. Elles eurent des papiers mal orthographiés, avec des noms écrits différemment, comme si elles n'étaient pas de la même famille.

## LE PRINTEMPS

Elles n'ont plus froid. Elles savaient que ça arriverait et même, elles l'attendaient, sans impatience. Elles ne peuvent plus se laver dans la neige, mais quand même, c'est mieux. Ou moins mal. Certains jours, quand la mère sourit au chef après avoir écouté son dos, il tourne la tête et elles peuvent utiliser le tuyau jusqu'à ce que la femme du chef sorte et se mette à crier. Alors, il leur donne un coup de cravache et ferme le robinet. Mais leurs jambes sont propres.

La fille a grandi, ou bien elle a encore maigri. Elle joue bien du violon maintenant. Sa mère se cache pour l'écouter mais elle voit passer ceux qui ne rient pas et ne chantent pas, elle en connaît de l'atelier. Elle arrête d'écouter sa fille jouer. Il ne lui reste que les bruits du stéthoscope. Elle les aime bien maintenant, ils ne lui font plus peur. Ils sont de plus en plus forts. Elle demande souvent à les écouter, elle sourit au chef pendant qu'il prend ses pilules. Puis il va se disputer avec sa femme, c'est elle qui commence. Elle lui dit que ses joues sont plus rouges et ses yeux plus brillants qu'avant. La mère comprend et sourit au chef.

La nuit, sur leur planche, elle regarde sa fille dormir et voit où est sa limite. Enfin, elle l'a dit après.

Sa fille a vieilli, elle a eu une famille. En plaisantant, ses enfants disent qu'elle, elle n'en a pas, de limites.

Elle ne rit pas. On ne peut rien savoir. Après, c'est de l'inédit.

L'herbe a repoussé et les fleurs aussi, autour de la maison pimpante. Il n'y a toujours pas d'oiseaux. Elles sentent une chaleur à l'intérieur d'elles, qui ne vient pas seulement de l'air autour. Ailleurs, on appellerait peut-être ça l'espoir ? Pourtant, elles connaîtront un autre hiver là-bas, qui sera plus froid que le précédent, dehors et aussi dans leur corps. Là-bas aussi, on appelait ça le désespoir.

Elles n'ont pas de miroirs et ne remarquent pas le changement de leurs visages. Elles voient le visage aimé de l'autre et s'en effraient sans rien dire. Parfois, leur visage se reflète dans une vitre ou une mare et elles ne se reconnaissent pas. Elles ne pensent pas trop à leur aspect sauf quand il les fait souffrir, les dents, la peau sèche qui gratte et se couvre de croûtes, les pieds et les mains douloureux. Dans leurs haillons sales et déchirés, elles se plaignent d'avoir froid… Elles puent.

Elles s'achèteront ensuite des vêtements chers et luxueux, seront attentives à la mode et à la qualité. Elles iront régulièrement chez le coiffeur et s'offriront des produits de beauté et des parfums de prix. Elles feront des tas de cadeaux à leurs enfants et petits-enfants, qu'ils profitent, on ne sait jamais. Les placards seront pleins de provisions et elles feront de succulents repas pour leur famille. Il n'y aura pas de restes, on ne jette pas la nourriture.

Elles vivront longtemps, malgré tout, revenues fortes, au moins en apparence. Après tout, on veut vivre, et on y parvient si on ne nous en empêche pas. Elles seront des rescapées survivantes.

D'autres ne pourront pas, ne résisteront pas, leurs limites atteintes. Usés par les malheurs, sans joies possibles, sans personne pour les partager, ils se laisseront glisser vers le néant ou s'y conduiront eux-mêmes. Ils seront des survivants provisoires, ensuite des survivants disparus. Certains diront : «C'est normal, comment peut-on survivre à tout ça?»

Elles se sentiront gênées, contentes de vivre, malgré tout. Les mêmes penseront : «Tout le monde est différent, il y en a qui sont plus sensibles que d'autres, qui ont plus souffert.» Ils diront : «Vous avez le droit d'être différentes, pas comme nous.» Ils savent tout, mesurer la souffrance des autres et leur résistance, leurs limites.

Elles se sentiront exclues, encore. Elles ne voudront pas le droit à la différence que tant de gens réclament. Elles, elles voudront le droit à l'indifférence, c'est tout.

Là-bas aussi, les gens se disputaient, c'est humain. Mais ils se cachaient tout. Elles avaient peur des jalousies, ma couverture a moins de trous, mes chaussures me font moins mal aux pieds, j'ai eu le fond de la marmite. Avec les autres rescapés, elles parlent de leurs maisons, elles se montrent leurs bijoux, leurs robes, elles se disputent, elles sont jalouses aussi. Elles achètent des bijoux, qu'elles ne portent pas souvent, aux mariages, aux fêtes, aux enterrements. Ça ne prend pas de place, on peut les emporter partout sur soi. Elles disent à leur famille : «J'ai tout ce qu'il me faut, j'ai besoin de rien, tout est pour vous.»

Elles ne parlent pas de leurs familles, certains n'en ont plus. Alors, ils font des sociétés, pour qu'il y ait du monde à leur enterrement. Les gens aiment bien penser qu'il y aura du monde à leur enterrement, pourtant, ils ne le verront pas. La mère aussi est dans une société, elle ne pourra pas être enterrée avec son mari même si sa fille apposera le nom de son père à côté du sien. Sa société s'appelle « Fidélité à la Patrie ». L'un des membres, vindicatif, voulait un autre nom. Il disait : « On a été trahis, quand même. »

Elles se retrouvent avec celles qui ont été emmenées au même endroit en même temps, elles ne se sont pas toujours connues là-bas. Elles sont même gênées de voir certaines qu'elles ont rencontrées, qu'elles reconnaissent difficilement, elles ont changé. Confusément, elles ont toutes quelque chose à se reprocher, à elles-mêmes, pas aux autres, ça fait plus mal que leurs souvenirs de souffrance. Ceux-là sont recouverts par les petites joies d'après. Ça s'appelle le remords ?

D'avoir dérobé une couverture, un peu de nourriture, parlé méchamment ou ne pas avoir répondu, ne pas avoir saisi une main tendue. Comment s'intéresser à la vie des autres quand on n'existe plus soi-même ? Curieusement, ceux qui ont été jugés, après, ne semblent pas en avoir, de remords, ils sont étonnés de la question. Eh bien quoi, ils avaient des ordres, ils ont obéi, qu'est-ce qu'on leur veut !

Quelquefois, elles parlent, une image jaillit. On leur dit, il faut oublier, penser à autre chose : « Il ne faut pas vivre dans les souvenirs. » Quels souvenirs ? Elles sont rentrées dans un appartement vide, difficilement récupéré. Les occupants récalcitrants s'y étaient précipités dès le départ hâtif des deux femmes et s'étaient partagé le contenu avec le propriétaire. Le loyer n'ayant pas été payé, après plusieurs mois, le propriétaire avait dispersé leurs biens aux enchères. Les seuls objets de valeur étaient des chandeliers en argent et le violon de la fille. Prévoyant et un peu méfiant, tout de même, le père avait caché sous une latte de parquet une boîte à chaussures avec des bijoux sans grande valeur et quelques pièces d'or. À leur retour, la mère avait décloué la moitié du plancher de sa chambre. Elle avait retrouvé la boîte, vide, sauf deux photos que le père y avait déposées car il y avait quelques lignes de ses parents au dos avec des adresses. Elle avait gardé la boîte et les photos, et l'avait remplie plus tard avec les certificats. Sur une photo, on voyait une jolie petite fille blonde avec un nœud dans les cheveux, on la retrouvait sur l'autre entre ses parents souriants.

Beaucoup se taisent. On leur dit aussi : il faut raconter, témoigner. Un jour, très tôt après la fin de leur séjour, la fille a voulu parler. Quelqu'un lui a dit : « Où étiez-vous planquées pendant qu'on avait les occupants et les collabos ici ? » Et puis, il y a ceux qui disent qu'elles pouvaient se sauver, se révolter. « Résister », c'est le grand mot. Elles ont résisté, hein, puisqu'elles sont revenues. Il faut croire que ce n'était pas si terrible. Elles essaient d'imaginer la vie pour ceux qui sont restés, c'est dur. Ceux qui sont restés ont l'air de bien comprendre leur vie là-bas, c'est sûrement plus facile. Il y a des jaloux aussi, on vous rend tout, et plus encore. Y a que l'argent qui vous intéresse, la vie n'a pas de prix. Elles sont étourdies.

# LE CHEF

Avant, il n'était pas chef et se disputait souvent avec sa femme, surtout quand il avait bu. Il avait commencé à travailler dans les villages et son travail avait satisfait ses supérieurs d'alors. On lui avait proposé de devenir chef avec une jolie maison. Il n'aurait pas besoin de boire pour travailler, et donnerait des ordres. Au début, sa femme était contente, elle avait une jolie maison, son mari était chef. Mais il s'était mis à tousser, elle pensait que c'était la fumée de la cheminée et avait peur pour ses enfants. La blouse blanche n'avait pas le temps d'écouter son dos, il était occupé avec ses scalpels et ses seringues, de toute manière, il n'entendait pas bien. Le couple avait recommencé à se disputer, surtout depuis que la mère et la fille étaient arrivées. La femme voyait bien que la mère souriait en écoutant le dos de son mari.

Le chef n'avait pas beaucoup de travail, on lui disait : «Maintenant, on a besoin des ouvriers», il augmentait les rations, un peu, pour ne pas trop coûter et diminuer aussi le travail de la cheminée. Ou alors, de nouveaux ouvriers arrivaient, en meilleure forme, enfin pas longtemps mais quand même. Alors, la mère et la fille étaient plus souvent réveillées par les appels et les sifflets, et la femme du chef avait de nouveau peur de la cheminée qui soufflait sans arrêt la fumée mauvaise pour son mari et ses enfants. Le mari buvait comme avant, il continuait à aller vers les baraques pour s'entraîner à tirer, il s'ennuyait.

Après, la mère et la fille penseraient tout le temps, à tout et n'importe quoi. Les gens diraient : «Avec ce qu'elles ont vécu, comment peuvent-elles penser à des bêtises pareilles ?» Elles riraient aussi, les gens seraient déconcertés. «Comment peuvent-elles rire ?» Elles vivraient, quoi.

Là-bas, elles ne pensaient à rien, ou presque. Elles comptaient. Il fait moins froid qu'hier, ma jambe me gratte moins mais j'ai une croûte de plus sur un pied. Il y a un trou de plus dans la couverture, je ne sais plus où j'ai mis les épluchures de patates d'hier, ah les voilà, il en manque deux, c'est toi qui les as mangées ? Elles ne comptaient pas les heures ni les jours. Le chef ne pensait pas beaucoup non plus, pas moins qu'avant. Cependant, il comptait ses balles de fusil, les jours passés, pas ceux à venir. Il redoutait confusément que son travail ne soit pas apprécié par tout le monde, pourtant il le faisait consciencieusement. Il était encouragé et félicité même. Il s'est étonné plus tard quand on lui a dit qu'il aurait pu faire autrement. Il avait la loi pour lui, il l'appliquait, avec rigueur, certes.

Sa femme, elle, ne pensait qu'à ses enfants, elle n'avait rien à voir avec le travail de son mari. Elle a dit après qu'elle n'avait rien vu, d'ailleurs les gens qui avaient été en contact avec le chef ont dit qu'ils ne la voyaient jamais, eux non plus. Sauf la mère et la fille.

La maison du chef était pimpante, avec des meubles en bois confortables, bien frottés et cirés. La mère était aussi en charge de la maison, du ménage, du linge, des vases à fleurir tous les jours, à cause de l'odeur. Elle lavait souvent les vitres des fenêtres couvertes de poussière noire, sauf la fenêtre du nord qui restait toujours fermée et qu'elle n'avait pas le droit d'ouvrir. L'odeur et la fumée faisaient le tour de la maison, entraient par les autres fenêtres qui donnaient sur le jardin, la vue était jolie. Elle devait s'occuper du chien aussi, le nourrir des restes de la famille, les restes du chien étaient pour sa fille et elle. Il leur tenait chaud quand il se glissait entre elles la nuit. Elle devait le frotter aussi quand il revenait de ses balades couvert de poussière noire et parfois un morceau de chair entre les crocs. Elles étaient mieux loties que d'autres, elles ne se plaignaient pas.

Les enfants du chef, deux petites filles, s'ennuyaient. Elles n'avaient pas d'amis de leur âge. Elles avaient de belles robes, neuves ou presque neuves, en changeaient souvent, se les disputaient. Elles avaient plein de poupées, parfois sans tête, ou sans bras ou sans jambes. Elles demandaient à la fille de jouer du violon, dansaient. Elles voulaient jouer aussi, seul un son crissant sortait de l'instrument. Leur mère se mettait en colère et le chef battait la fille.

Elles regardaient les images de livres écrits dans plein de langues différentes, qu'elles ne comprenaient pas, leurs parents non plus. Elles n'avaient pas le droit de s'approcher de la mère et de la fille, leur mère le leur avait interdit. Elles les regardaient de loin d'un air vaguement soupçonneux, méprisant aussi. Elles se demandaient pourquoi elles étaient si maigres, si sales, si tristes.

Qu'avaient-elles donc fait ?

Avant que la fille ne devienne très maigre, le chef la regardait quand sa femme n'était pas là, ni la mère. La femme arrivait parfois et se mettait à crier, le chef donnait des coups de cravache à la fille. La mère arrivait aussi et ne souriait plus en écoutant le dos du chef. Elle haussait les épaules quand le chef lui montrait de nouvelles pilules. La fille devint plus maigre et le chef cessa de la regarder. La mère sourit et lui compta les pilules qu'il devait prendre. Le chef aussi connaissait les limites, enfin celles des autres.

Un jour, la blouse blanche vint voir le chef. Ils eurent une brève conversation, et le chef remit le stéthoscope et le marteau à réflexes à la mère qui suivit la blouse blanche.

Ils arrivèrent à un bâtiment d'un étage, l'infirmerie, c'était écrit, et la blouse blanche fit entrer la mère dans une grande salle pleine de gens allongés sur le sol. L'odeur de la pièce était forte. Elle avait entendu arriver de nombreux trains mais il y avait une épidémie et les ateliers se vidaient sans que les pièces métalliques soient assemblées. Les ouvriers des ateliers aussi se vidaient, la blouse blanche avait dit au chef qu'il n'avait pas le temps de s'en occuper, il avait à faire avec ses scalpels et ses seringues. Il laissa les deux autres instruments à la mère et sortit de la grande salle. La mère resta quelques jours avec les malades, les regarda guérir pour retourner à l'atelier, ou mourir. Elle était la seule à pouvoir marcher, passait entre les corps allongés et leur parlait, parfois. Il n'y avait pas de pilules qu'elle aurait pu leur donner. De temps en temps, elle posait le stéthoscope sur un dos. Si elle n'entendait pas de bruit, elle ramassait l'écuelle que la main reliée au dos silencieux tenait serrée, et la rapportait à sa fille. Quelquefois, elle entendait un bruit faible et ramassait l'écuelle quand même. Elle gardait l'écuelle pour elle. Elle tomba malade à son tour. Le chef se mit en colère contre la blouse blanche, ne s'approcha pas de la mère, ne laissa pas ses enfants s'en approcher non plus. Sa femme ne s'en approchait jamais. Il ne savait pas reconnaître ses pilules et le stéthoscope inutilisé pendait à une patère. Il regarda la mère de loin, elle guérit lentement, sa fille lui tenait la main quand elle rentrait après son double travail. Le chef tendit le stéthoscope et la boîte de pilules à la mère et attendit qu'elle sourie...

# LA BLOUSE BLANCHE

Avant, il ne portait pas de blouse blanche. Il avait un vêtement qui ressemblait à celui des gens qui entouraient la mère et sa fille, en meilleur état. Il était enfermé comme elles mais ailleurs, après avoir été jugé légalement, reconnu coupable et condamné. Il n'avait pas très faim ni froid. Il s'ennuyait. Un jour, on lui avait demandé s'il savait utiliser des seringues et des instruments de soins. Il avait dit : «Non, mais ça m'intéresse.» Il aimait bien observer les animaux, arrachait les ailes des mouches et les regardait trottiner sur la table, attachait des grelots aux queues des chiens, lançait des pierres aux oiseaux avec sa fronde. Il rendait service en noyant les chatons trop nombreux. Les enfants l'évitaient et leurs mères le repoussaient. La sienne le battait et son père battait sa mère. Là-bas, personne ne le battait. Le chef lui avait donné des instruments médicaux. Il avait gardé les seringues et les bistouris et avait rendu le stéthoscope qu'il ne savait pas utiliser et le marteau qui ne frappait pas assez fort. Personne ne savait exactement ce qu'il fabriquait, on ne revoyait pas les gens qu'il emmenait. On pensait qu'il essayait des traitements mais il n'avait pas de succès, sûrement les malades étaient trop atteints.

# DORMIR

Elles dormaient bien. Enfin, le temps qu'on leur laissait pour dormir. Entre les appels, les sifflets, les aboiements des chiens, le chef qui réveillait la mère pour qu'elle écoute son dos quand il trouvait son mouchoir rougi (il faisait des cauchemars), leurs boyaux impatients, elles dormaient. Elles ne faisaient pas de cauchemars. Pas besoin. Le cauchemar, elles le vivaient éveillées, pendant les longues journées.

La nuit, elles rêvaient. De leur famille, des repas de fêtes. Quand elles se réveillaient pendant un rêve, c'était pire qu'un cauchemar. Elles ne se rappelaient pas où elles étaient, elles croyaient que la réalité était leur rêve. Ça revenait vite. Après leur retour, elles ont eu des cauchemars, jamais des rêves. Elles pensaient : « C'est bête, pourtant, je suis revenue, c'est comme si j'y étais toujours. » Si elles y pensaient moins souvent, c'était encore pire au retour des cauchemars. « Comment ai-je pu oublier ? » Pour la fille, ça durait moins longtemps. Son mari la réveillait en douceur, il la prenait dans ses bras, la berçait. Il ne fallait pas réveiller les enfants qui dormaient à côté, qui mettaient leur couverture sur les oreilles. Elle prenait une pilule ou buvait un coup et repartait dans son cauchemar.

La mère, elle, dormait seule. Elle se réveillait plus tard, trempée, désorientée. Elle en avait parlé avec une amie de la Société, toutes avaient le sommeil troublé. Avant, cette dame avait une famille, un mari, des enfants. Après, puisqu'elle ne les avait pas retrouvés, elle s'est remariée avec un monsieur qui avait eu une femme, des enfants, qu'il n'avait pas retrouvés non plus. À leur grande surprise, ce couple vieillissant avait eu un enfant, un garçon. Ils avaient dit : « On est comme Abraham et Sarah. » Grandi entre les deux vieillards muets, à l'ombre des fantômes de ses demi-frères et sœurs qu'il n'avait jamais vus, même en photo, le fils était devenu médecin, psychiatre. Il portait les prénoms de deux des enfants, un fils de son père et un de sa mère. Ses parents le regardaient parfois en pleurant en silence. Issu de cette famille décomposée, il avait eu des enfants de femmes différentes, une famille recomposée, comme on dit maintenant, avait dit sa mère. L'amie lui avait donné l'adresse de son fils psychiatre, elle en était très fière. Le médecin l'avait écoutée avec attention, des larmes dans les yeux. Il faisait lui-même une longue thérapie où il expliquait qu'il ne savait rien de l'histoire de ses parents qui ne parlaient pas. Il avait recommandé à l'amie de sa mère de revenir, qu'il allait l'aider, elle l'avait trouvé très gentil. À la fin, il lui avait prescrit des pilules pour dormir, les mêmes qu'elle avait vues dans le sac de son amie, et les mêmes qui étaient dans le tiroir du bureau du fils de son amie, à côté des ordonnances qu'il rédigeait pour ses patients. Elle n'était pas retournée chez lui, prenait à l'occasion une pilule le soir.

Elle aimait bien regarder les informations à la télé, elle voyait des gens à qui il arrivait des trucs terribles et qui étaient tout de suite pris en charge par des « cellules de crise » ou des « aides psychologiques d'urgence ». Elle hochait la tête. Elle aimait bien la météo aussi. Les courts bulletins l'amusaient longtemps, elle notait les prévisions à long terme et les montrait à ses enfants avec les erreurs constantes que tout le monde oubliait. La famille s'inquiétait : « C'est tout ce qui l'intéresse ? » Elle respectait les consignes et les conseils. Demain, il pleuvra, n'oubliez pas votre parapluie. Elle le traînait toute la journée sous le ciel bleu ou bien grelottait sans manteau quand la température baissait, contredisant la prévision. Elle tournait scrupuleusement son thermostat, ça faisait des économies. Il fallait le changer souvent car elle le détraquait. Elle n'avait pas de ventilateur, n'avait jamais chaud. Elle ne comprenait rien aux annonces de pollution : la fumée n'a jamais tué personne si on ramone bien les cheminées. Il ne faut pas faire de sport, c'est mauvais pendant les pics. Buvez beaucoup quand il fait chaud, elle gardait une bouteille près d'elle. Le soleil est mauvais pour la peau, mais elle aimait s'asseoir au soleil, fermait les yeux et rêvassait. Elle emportait un lainage quand on prévoyait une baisse des températures. Elle se mettait de la crème contre les gerçures sur tout le corps, surtout les pieds. Là-bas aussi, le temps était important (on n'appelait pas ça la météo). Quand il pleuvait ou neigeait, elles sortaient en courant pour boire, se laver, laver leurs vêtements qu'elles remettaient mouillés, laver leur écuelle, pas leurs cheveux qui étaient tondus. À leur retour, on leur dira d'attendre qu'ils repoussent un peu avant de sortir. Elles avaient peur du froid qui gerçait leur peau, crevassait leurs pieds, de la chaleur qui entraînait ou augmentait les diarrhées. La fumée aussi leur faisait peur, elles ne savaient pas que c'était de la pollution.

# TACTIQUES ET STRATÉGIES

Elles se souvenaient d'avoir eu faim, et froid, et soif aussi, l'été. Elles se rappelaient leur fatigue, plutôt un épuisement, permanent. Elles avaient été malades et très sales. Un danger imprécis les maintenait dans la peur, l'angoisse, et l'impuissance.

« C'est tout ? » s'étonnaient les curieux.

« … »

C'est tout ce qu'elles avaient à dire ? Elles ne comprenaient pas, trouvant que c'était bien assez.

« Quand même, il y a bien des choses dont vous vous souvenez, il faut témoigner. »

« Il faut ? »

Elles s'agitaient, se sentant harcelées, les autres battaient en retraite.

« Elles ont tant souffert. »

Pourtant, après avoir lâché des réponses incompréhensibles pour leurs interlocuteurs, elles se sentaient mieux. Elles savaient ce qu'elles disaient quand même, c'était leur histoire. Ce n'est pas qu'elles ne comprenaient pas les mots ou les phrases. Elles n'avaient pas de réponses adéquates à leurs questions logiques. C'était eux qui ne comprenaient pas. Du reste, ça leur paraissait logique, à elles, qu'ils ne comprennent pas. Elles non plus n'avaient rien compris.

« Pourquoi tout ça ? »

Il fallait le demander à ceux qui avaient tout manigancé, très habilement d'ailleurs. Personne ou presque n'avait protesté, ils en étaient eux-mêmes surpris. On peut y aller, alors. Elles, elles avaient subi, c'est tout.

« Comment vous êtes-vous débrouillées ? »

Cette question-là les concernait, c'est vrai. Mais elles n'avaient pas de réponse qui aurait satisfait leurs interlocuteurs.

« Comme on a pu, ça vous va ? »

Un jour, un questionneur leur avait semblé plus malin. Il leur avait laissé un appareil enregistreur, s'était donné la peine de leur en expliquer le fonctionnement et leur avait dit : « Gardez-le et dites ce que vous voulez quand vous voulez. » Après les premières hésitations, elles avaient commencé à parler à l'appareil, seules, jamais ensemble. Le jeune homme venait l'écouter de temps en temps et prenait des notes. Un jour, dans un magazine, la mère avait reconnu le nom du jeune homme. Le titre du reportage était « Survivre à l'enfer ». Divers personnages étaient évoqués, sans noms, et il lui avait semblé reconnaître ses propos recueillis dans l'appareil. C'étaient des parties de phrases différentes reliées entre elles. Des phrases entières avaient disparu et elle ne reconnaissait pas ses mots.

« Ce n'est pas possible, je n'ai jamais dit ça. »

Elle avait écouté l'enregistrement et retrouvé le passage cité. Elle avait dit : « Après une mauvaise nuit pour mes intestins, je me suis réveillée et il neigeait. Malgré mon épuisement, je suis sortie me laver. Je sentais que j'avais bien fait, en rentrant, malgré le froid. Après, je me souvenais de ce matin-là lorsque je prenais un bon bain chaud après une froide journée d'hiver. Je me sentais alors régénérée et heureuse. »

L'article disait : « Après une mauvaise nuit, je me suis réveillée et il neigeait. Malgré mon épuisement, je suis sortie me laver. Je me suis alors sentie régénérée et heureuse. » Ce n'était pas pareil, quand même.

Elle avait alors averti le jeune homme qu'elle avait malencontreusement effacé le contenu de l'enregistreur et l'avait cassé en essayant de le bricoler. Elles n'avaient pas donné suite. Malgré tout, leurs quelques monologues enregistrés leur avaient procuré un certain soulagement. Elles se surprenaient parfois à mettre en route le petit appareil et à parler comme si elles s'adressaient à quelqu'un. Elles ne le réécoutaient pas. Elles arrêtaient dès que quelqu'un entrait. Les enfants riaient encore, croyant qu'elles parlaient toutes seules.

Elles vivaient, en tout cas s'y efforçaient, le reste de leur vie comme elles pouvaient, comme tout le monde, quoi. Que représentaient-elles ? Des héroïnes, des victimes ? Des survivantes, ça les faisait rire. Ça faisait film de science-fiction, pourquoi pas des mortes-vivantes. À la limite, des rescapées, ça leur convenait. Elles ont réchappé, c'est ça. L'Histoire avait donné un nom à l'événement, le même dans presque toutes les langues, issu de la leur, elles le comprenaient bien mais ne s'y identifiaient pas vraiment. Pour elles, c'était juste une période de leur vie, pas la meilleure. Lors d'une visite de commémoration, la mère avait montré une maison aux visiteurs et aux habitants du coin. La maison était fermée, elle avait repoussé le guide qui voulait l'empêcher d'ouvrir la porte : « C'était chez moi, j'ai habité là. »

Elles en avaient des souvenirs, enfouis au fond de leur mémoire, plus nets que toutes les photos qui avaient disparu ou n'avaient jamais été prises. Elles

les lâchaient par bribes, à leur rythme, à des inconnus ou à leurs proches. Elles n'aimaient pas répondre aux questions, qu'elles ne comprenaient pas la plupart du temps. Elles avaient des expressions qui vous cueillaient par surprise, jaillissant d'associations d'idées, lors de conversations ou de lectures. Il y avait des détails qu'elles seules comprenaient. Un film montrait un oiseau près d'une cheminée, elles pleuraient, alors que les scènes violentes de guerre ou autres des films hollywoodiens les faisaient rire. La fille ne pouvait pas supporter les concerts de violons, elle adorait les percussions. En voyant les publicités d'aliments pour chiens, elles disaient en chœur : « Ça pique », les enfants riaient. Les insultes ne les touchaient pas : « Les mots ne tuent pas. » Elles se sentaient à l'abri, un peu. De toute manière, elles étaient toujours prêtes à décamper. Elles vivaient dans un paradoxe constant, en équilibre au-dessus d'un gouffre. Les enfants, eux, disaient : « On ne se laissera pas faire. » Elles admiraient leur audace, leur inconscience. Quand même, quelque chose avait changé, que personne ne pouvait expliquer vraiment. Elles avaient dit : « C'est impossible, ça ne peut pas se faire. » C'était pourtant arrivé. Les jeunes disaient : « Ça n'arrivera plus. »

« On verra bien », disait la mère, elle ne prenait pas de risque, vivant dans le présent perpétuel. Tout le monde se mettait d'accord : « On fait attention, hein ? » À quoi ? À tout.

Là-bas, elles avaient hiérarchisé leurs priorités, éliminant leurs intérêts et passions d'avant, qui semblaient dérisoires. Les anciennes pratiques de leur vie quotidienne étaient devenues inutiles, voire nuisibles. Elles n'y pensaient plus et auraient du mal à les reprendre ensuite. Celles qu'elles avaient acquises durant leur séjour forcé leur échapperaient parfois, mettant dans l'embarras d'éventuels témoins. «Mais qu'est-ce qu'elles fabriquent donc?» Il ne leur restait que des problèmes fulgurants, sans intérêt mais vitaux, à résoudre dans l'urgence. Les solutions trouvées après de hâtives décisions étaient souvent différentes malgré des problèmes identiques et quotidiens, ce qui les éreintait encore davantage.

Un jour, elles recevaient des coups de fouet parce qu'elles s'étaient lavées au robinet. Le lendemain, le chef les battait parce qu'elles puaient, n'ayant pas osé se nettoyer. Ou bien, la mère mangeait avant de commencer ses tâches ménagères, la femme du chef lui arrachait son écuelle et la renversait. Un autre jour, la femme du chef laissait de la nourriture en évidence pendant le travail et la jetait avant qu'elle la prenne.

«C'est trop tard.»

Elles inventaient au jour le jour des stratagèmes, semblables à des modèles d'économie de base, une économie de la survie. Elles se précipitaient sur la nourriture, bravant le danger des coups de fouet, qu'elles supportaient mieux après avoir avalé leur pitance. La femme du chef prenait alors un air dégoûté: «Elles se conduisent comme des animaux.»

Elles avaient faim, tout le temps. Cette sensation ne leur était pas inconnue, elles l'avaient même appréciée, avant, la soulageant rapidement et avec plaisir par l'absorption d'aliments choisis. Là-bas, l'insuffisance des rations ne la faisait jamais diminuer. D'abord étonnées, «On va mourir de faim?», elles avaient compris qu'elles devraient cacher leurs maigres provisions et les étaler au cours de la journée tout en évitant soigneusement qu'elles ne disparaissent d'une façon ou d'une autre. C'était devenu des automatismes, des réflexes. Après, elles continueraient à faire des petits paquets disséminés dans la maison, souvent oubliés et retrouvés trop tard pour être comestibles. « J'ai oublié, je n'avais pas faim, maintenant c'est trop tard. » « Ce n'est pas grave, il y en a d'autres. » « Si, c'est grave, j'aurais dû le manger. »

Elles accumulaient les provisions qu'il fallait manger, bien sûr ne jamais rien jeter. Elles proposaient, suppliaient, forçaient à la fin. « Laisse-nous, Mémé, on n'a plus faim. » Elles se ressaisissaient : « C'est vrai, vous avez bien mangé. » Le pain était à part. On ne le jetait pas, comme le reste, mais il devenait vite rassis. Elles en faisaient de la chapelure, le trempaient dans la soupe, le café au lait. Elles ignoraient les toasts, qui faisaient des miettes et collaient aux dentiers. Il en restait quand même et surtout, on commençait le repas par le plus vieux, continuant par le pain frais, dont une partie restait à la fin du repas, et ça recommençait le lendemain. Les enfants rusaient, entamaient la baguette chaude et croustillante : « C'est du vieux pain, il est commencé. » Ils riaient, Mémé aussi. Pour les vêtements, c'était l'inverse. Elles achetaient, rangeaient soigneusement dans les placards, les sortaient parfois pour montrer la qualité. Elles les portaient rarement, voire jamais, pour ne pas les user. Les vêtements, ça se garde, on a le temps, ils restent comme neufs.

Un jour, invitée par des amis à dîner, la mère fut priée de passer à table.

« Tu viens, on va manger. »

« Oui, je viens. »

« Tu as faim ? »

« Non. »

Ces deux questions anodines amenant de sa part deux réponses contradictoires l'avaient plongée dans un état de confusion, d'angoisse qui avait inquiété ses amis. «Viens t'asseoir avec nous, mange ce que tu veux.» Elle voulait avoir faim, juste un tout petit peu, avant de commencer. D'autres fois, le seuil était dépassé, elle avait attendu trop longtemps et se précipitait avant de passer à table. Elle puisait directement dans le frigo ou entamait des plats soigneusement dressés. Fallait-il manger quand on a faim, ou quand on peut, ou à heure fixe? Elle n'arrivait pas à se décider. Les amis avaient du mal à suivre.

Elles invitaient leurs enfants et petits-enfants à des repas de famille qui donnaient lieu à des scènes mémorables. La mère, à présent grand-mère et arrière-grand-mère, préparait des plats originaux qu'elle tirait de vieilles recettes familiales. Elle utilisait des ingrédients rares, des abats imprévus, elle mélangeait le salé poivré avec du sucre (pour la douceur). Tout était mêlé, en boulettes, en hachis, «on ne sait jamais, si on a du mal à mâcher». Ces goûts bizarres n'auraient jamais été acceptés ailleurs par les enfants, ils avaient chacun leurs préférences et leurs refus. Alors elle cuisinait deux jours pour un repas qui satisferait tout le monde. Elle donnait des paquets à emporter à chacun, ce qu'ils aimaient le plus. Après manger, on débarrassait vite la table, pour jouer aux cartes. La nappe avec les miettes était secouée par la fenêtre, qui donnait sur la rue. Les enfants riaient, la fille disputait sa mère: «Tu sais bien qu'il ne faut pas faire ça.» La mère souriait, indifférente. «Qu'est-ce qu'on s'en fout!» disait-elle à l'intention des enfants.

Les jeunes générations de la famille, nées après, observaient tous ces comportements avec un mélange de sentiments contradictoires. À leur amusement se mêlaient de la honte, voire du mépris, du ressentiment, au mieux de l'impatience, le tout collé à leur peau comme une glu épaisse. Au-dessus flottait l'immense affection qu'ils portaient aux deux femmes et ils souffraient de la pitié profonde qu'elles leur inspiraient.

Leurs stratégies étaient bien éloignées, elles étaient basées sur les statistiques des dangers banals, associées à la durée de vie favorable de leur pays.

Il s'agissait de trouver le bonheur : « Quoi de plus simple ? » pensait la mère.

« Tu as tout ce qu'il te faut, tout ce que j'ai est pour toi, je n'ai besoin de rien », entendaient-ils dès qu'ils se lamentaient. Leur irritation en était accrue, avec leur culpabilité. « On n'a pas le droit de se plaindre. »

Ils avaient eux aussi des comportements liés à ceux de la mère et de la fille. On hérite tout de sa famille, quand on en a. Ils pouvaient rejeter violemment une partie de ce legs. Cela donnait lieu à des scènes pénibles à table, des portes claquées. Il y avait des lieux communs, la faim dans le monde, les enfants esclaves et maltraités, bien sûr, c'est triste, disait la mère en hochant la tête, le malheur universel. Elle hochait toujours la tête quand elle n'en pensait pas moins. Et puis, certaines règles de base de la vie en communauté avaient été oubliées et négligées, ou ne semblaient pas mériter leur attention. « Mets tes ordures dans un sac en plastique, pas dans un journal. » « Fais la queue, ne passe pas devant tout le monde. » « Parle plus bas au cinéma. » « Même si tu ne veux pas laisser de gros pourboire, ne ramasse pas la petite monnaie. » Elles n'étaient pas radines, pourtant, donnant sans compter à leur famille. « Mémé, donne-moi un billet de cent francs, je te donne des pièces de dix à la place. » Et Mémé souriait en recevant les neuf pièces que les enfants lui mettaient dans la main.

La mère retrouvait ses amies au grand café de la place où elles restaient des heures à boire un thé (servi dans une tasse plus grande que celle du café), à discuter et jouer aux cartes. Elle disait : «Je vais à mon club.» C'était le seul mot anglais qu'elle connaissait et n'en avait jamais lu la définition.

Au club, elle retrouvait des amies de son âge, qui avaient déjà été réunies en même temps dans le même lieu. Elles avaient la même langue maternelle et le même accent dans leur deuxième langue commune. Elles aimaient le thé et jouer aux cartes. Il y avait surtout des femmes, parfois des hommes se joignaient à elles, peu nombreux. Des couples se formaient, souvent ils connaissaient leurs conjoints précédents, ça crée des liens. Les beaux-frères se remariaient avec leurs belles-sœurs, c'était pratique pour les enfants qui étaient déjà cousins. Celles qui restaient sur le carreau se moquaient, avec un peu de jalousie, tout de même. «Quelle idée, à leur âge!»

Les familles aussi se moquaient, gentiment, avec un petit sentiment de culpabilité. Ils auraient moins besoin de s'occuper de leurs vieux parents. C'est vrai que les couples avaient l'air de s'amuser, ils voyageaient, allaient au restaurant, aux spectacles.

Elles ne ressassaient pas leurs souvenirs, bons ou mauvais. Mauvais, elles auraient préféré ne pas y penser. Ça ne leur faisait que du mal, autant les laisser là où ils sont, si on peut. Les bons, ce n'était pas mieux. Ils appartenaient au passé, où tout se mêlait, et de toute manière c'était fini. Y penser ne donnait que des regrets. Si c'était tellement bien, on voulait que ce soit maintenant, encore, et que ça dure. Elles ne disaient jamais : «C'était le bon temps», même si c'était «avant». Les rêves nocturnes, c'était pareil. Bons, elles n'en faisaient presque jamais. Pourquoi se réveiller si c'est si bien. Les cauchemars, en revanche, leur faisaient peur. Ils les ramenaient là où elles auraient voulu ne pas aller. Les pilules magiques les effaçaient. Il n'y avait pas de futur non plus : «On ne peut rien prévoir.» Pourtant, elles faisaient des provisions, gardaient des magots sous leurs matelas, au cas où. Au cas où quoi ? Il n'y avait que le présent, elles en profitaient autant qu'elles pouvaient. Aux pourquoi et aux comment, elles répondaient «On a de la chance» ou «C'est comme ça».

«On est là, c'est tout, jusqu'à la fin, comme tout le monde. Qu'est-ce qu'ils nous veulent ?»

Il arrivait que la fille en fasse trop, comme si elle avait vécu toute sa vie dans une cour royale. Elle donnait du «Chère Madame» aux voisines médisantes, «Monsieur le Professeur» au médecin de famille. Les enfants riaient autant. Sauf aux réunions de parents d'élèves. «Elle est méchante, celle-là, elle me punit pour rien.» «C'est ton professeur, tu dois la respecter.» Il y avait un peu de méfiance aussi : «Elle va peut-être être encore plus méchante si je la critique.» Où est le juste milieu ? «C'est ton tour maintenant, ne laisse pas passer cette grosse dame qui t'a marché sur le pied.» «Ce n'est pas grave, je peux attendre, j'ai tout mon temps.» Les enfants étaient perdus, sans repères. Ils attendaient sans besoin ou passaient devant tout le monde, gênaient en parlant trop haut, jetaient des fruits frais, mangeaient des yaourts périmés ou râlaient quand la date était proche sans être dépassée. C'était plutôt cocasse et tout le monde riait. À l'occasion d'un déménagement, on retrouva des friandises cachées puis oubliées dans la chambre d'un des enfants. La mère s'indigna de les retrouver dans la poubelle. Ne pouvait-on pas au moins les donner au chien? «Ce n'est pas bon pour lui, les chiens ne mangent pas de sucreries.» Elle hocha la tête. Elle hochait toujours la tête quand quelque chose ne lui plaisait pas ou l'intriguait. Elle pensait: «Quel est ce monde où les chiens peuvent choisir leur nourriture et refuser ce qui aurait été assez bien pour des gens?»

Elles avaient, elles aussi, caché leur nourriture. Comme les enfants, elles étaient contentes de la retrouver. Plus tard elles boiraient du vin avec plaisir. Après quelques verres, elles sentiraient un brouillard agréable dans leur tête, riraient et chanteraient avec les autres. Elles apprendraient à doser la bonne quantité de vin, deux verres de plus et le brouillard se transformerait en fumée épaisse.

Elles étaient sales. Elles ne pensaient pas toujours à se laver ou à laver leurs vêtements. Mais elles avaient remarqué que ceux qui ne se lavaient plus jamais se laissaient glisser vers un état d'indifférence à leur propre sort et pas seulement à leur aspect et ne résistaient pas longtemps. Elles s'entraînaient l'une l'autre, se frottant avec de la neige puis avec leurs mains nues et rugueuses pour se sécher. Elles remettaient leurs haillons mouillés qui séchaient sur elles. «Tu avais raison, c'est mieux maintenant.» Elles aimeraient tant, plus tard, prendre des bains prolongés bien chauds, avec des savons parfumés. Elles se passeraient des crèmes onctueuses à tour de rôle sur le corps. Elles achèteraient des draps doux et frais qu'elles changeraient souvent.

Elles étaient lasses, sans énergie. Plutôt épuisées. Affaiblies. Presque sans vie. Elles s'y accrochaient, à ce presque. Elles dormaient autant qu'elles le pouvaient, jamais assez. La faim et le froid, l'hiver, les empêchaient de trouver le sommeil. Elles étaient souvent réveillées par des cris, des douleurs, des coliques, des coups de cravache. Elles essayaient d'économiser leurs maigres forces, en bougeant le moins possible, le plus lentement possible. À l'atelier, elles accomplissaient leur tâche en silence, en s'appliquant pour ne pas aller vite. Parler les fatiguait, elles se taisaient. Encore jeune, la fille se révèlerait bavarde, la mère resterait silencieuse. Allez comprendre. Pourtant, c'est la mère qui raconterait, un peu, chaque mot arraché.

Elles sentaient un danger mortel, réel ou invisible, qui les menaçait en permanence. Il changeait de forme sans arrêt, elles s'échinaient à essayer de l'éviter, même si elles savaient que le hasard seul le dirigeait. Dans le monde d'avant qu'elles connaissaient et comprenaient, il y avait une sorte de logique, une loi de probabilité. De temps en temps, il arrivait un accident grave, ou un crime, quelqu'un se trouvait au mauvais endroit, au mauvais moment, faisait une mauvaise rencontre. C'était rare, c'était grave, quelqu'un mourait, les gens s'émouvaient. Là-bas, tout était à l'envers. La chance d'être en vie à la fin de la journée était infime. On était trop malade, trop faible, trop affamé. On pouvait rencontrer le chef, ivre, qui tirait sans viser avec son fusil. Les plus faibles étaient remplacés par les arrivants dans les ateliers, on ne les revoyait pas. Parfois, certains ne parvenaient plus à essayer d'éviter le danger et précipitaient eux-mêmes leur fin. À la fin, quelques-uns n'ont pas fait partie du plus grand nombre.

Bien qu'inversées, les lois de la statistique étaient respectées. Le vieil adage se révélait exact : « L'exception confirme la règle. » Le sort commun en a épargné certains, très peu, par hasard.

Tous les soirs, là-bas, elles se couchaient, doutant d'être encore en vie et redoutant de ne plus l'être le matin suivant. La chance était faible, elles voyaient bien les autres, ou plutôt ne les revoyaient pas, justement. Le hasard. Elles étaient au mauvais endroit, au mauvais moment, avec les mauvaises personnes. Tout le temps. On aurait dit, normalement : «C'est pas de chance, ça n'arrive jamais.» Au retour, elles retrouveront vite les normes habituelles. On s'adapte à tout. Elles n'avaient jamais peur pour elles. Que pourrait-il leur arriver ? Elles redoublaient de précautions pour leurs proches. «Couvre-toi bien, il fait froid», disaient-elles aux enfants déjà adultes. «Ne va pas dans l'eau juste après manger.» De toute manière, il ne fallait pas dépasser le niveau des genoux. «Fais attention en traversant.» Elles-mêmes ignoraient les passages pour piétons et les feux rouges, traversant n'importe où, un bras en avant comme pour appeler un taxi. D'ailleurs, les taxis s'arrêtaient croyant à la bonne aubaine d'une course. Elles s'étonnaient des invectives qu'elles recevaient. «Qu'est-ce qu'ils croient, on ne paie pas le métro ni le bus.»

# LE RETOUR

Elles sont dans un train, assises. Des gens les regardent bizarrement. Enfin, c'est elles qui ont l'air bizarre. Elles ne savent pas où elles vont ni quand elles vont arriver mais elles n'ont pas peur. Elles ont l'habitude maintenant, elles sentent quand elles n'ont pas faim, ni froid, ni mal et que leurs jambes sont propres. Le reste, elles l'ont oublié. Elles devront s'y faire. Certains diront plus tard qu'elles n'y sont jamais arrivées, à s'y faire. Elles seront surprises, ce qui prouve bien que ce sera revenu, un peu. Ils ajouteront, parfois : « C'est pas leur faute. » Ça les fera sourire. Ils essaient d'être gentils.

On leur dit qu'elles vont rentrer chez elles, dans le monde qu'elles n'auraient jamais dû quitter. La mère pense que c'est le monde qui les a abandonnées. Elle ne comprend plus, elle ne sait plus suivre des règles, elle doit réapprendre à les comprendre et à leur faire confiance. Elles voient bien que les gens s'inquiètent, ils disent qu'elles ne peuvent pas vraiment revenir, qu'elles sont restées là-bas. Pourtant, elles s'accommodent de leur nouvelle vie, et elles s'étonnent. Elles sont là, avec eux, non ? Ce n'est peut-être pas assez. Parfois, elles disent que ça aurait été mieux pour tout le monde qu'elles ne soient pas revenues, ça fait peur aux autres, ils les regardent en pleurant. Elles, ne pleurent pas et n'ont pas peur. De quoi ? Les limites ont changé.

# L'ARRIVÉE

Le train est arrivé. La vieille dame a parlé à ses voisins du compartiment pendant tout le voyage. Elle leur a raconté sa vie, enfin pas tout. Elle les a fait rire, comme les enfants. Elle est si fière de ses arrière-petits-enfants. Eux aussi lui réclament des histoires : «Raconte, Mémé, comment c'était à l'époque.» C'est loin, pour eux, ils n'y étaient pas, leurs parents non plus. Nés après, ils ont parfois l'impression irréelle d'être aussi des rescapés traînant la mémoire transmise par leurs parents. Elle a dit aussi qu'il n'y aura bientôt plus personne pour raconter : «Qu'est-ce qu'on s'en fout.»

Les gens s'interrogent : «Vous venez depuis si longtemps, ça marche, la cure ?» Elle a oublié qu'elle vient pour ses rhumatismes, depuis le temps. Certains disent : «En plus ça coûte cher.» Elle ne comprend pas, c'est payé par les assurances, à vie, ils ont dit. Elle passe de bonnes vacances, ses amis aussi. Ils sont tous vieux à présent. Ils jouent aux cartes dans le jardin, chantent de vieilles chansons, racontent des blagues. Ils ont l'air joyeux, ils rient. Ils lisent leurs journaux, surtout les notices nécrologiques. Parfois, ils s'observent du coin de l'œil, ont l'air surpris d'être là. À la cure, ou là, tout court ? Elle va toujours au même hôtel, souvent dans la même chambre. Elle connaît bien les patrons, ça fait si longtemps qu'ils viennent, tous. Sa fille se demande s'il y aurait encore des cures sans eux. Elle s'est réveillée, est un peu étourdie. Elle a eu des cauchemars, elle n'aime pas prendre des pilules dans le train, ça la fait parler en dormant, il y a du monde autour. Elle rassemble toutes les affaires de sa mère. Une culotte dépasse de son sac, un enfant rit. Un pique-nique a été partagé, il a eu du succès. Finalement, la mère dit que le voyage s'est bien passé : «Enfin, tout va bien.» Elle était bien assise et les gens sont si gentils. Elle aime bien regarder le paysage et s'assoit toujours à la fenêtre.

Elles sont arrivées à l'hôtel, la mère enlève ses robes, en garde une, elle a un peu chaud. Elle vide sa valise qui ne s'est pas perdue. Il lui manque une culotte. Qui a dû glisser de son sac : «Tu vois, il faut tout mettre dans la valise», dit la fille. Elle marmonne : «Quand même, elle peut se perdre.» Elle va retrouver ses amis dans le parc. Ils sont assis sur de confortables chaises en rotin, au soleil, encore doux en cette saison. Ils accueillent les arrivants qui descendent des trains. À chaque nouveau séjour, il y a des absents.

Pièces d'identité ......................................................

......................................................

......................................................

Motif d'internement .....................................................

"En surnombre dans l'économie nationale."

Autorité signataire de la décision dont il

fait l'objet .....................................................

Préfecture de Police

.....................................................

Date d'arrivée .....................................................

**1 4 MAI 1941**

MUTATIONS

Agent aux N. à le 27/6/42

.....................................................

Certificat administratif émanant du camp d'internement français de Beaune-la-Rolande, remis à sa femme le 29 janvier 1945. L'autorité signataire de la décision est la préfecture de police. Ce document est depuis resté en possession de la famille, jusqu'à ce qu'il soit transmis au Mémorial de la Shoah pour ses archives.

# REMERCIEMENTS

À ma première lectrice, grâce à qui l'aventure a commencé, elle m'a encouragée de son amitié bienveillante, elle a toute ma gratitude.

À mon éditrice qui m'a fait confiance, et grâce à qui l'aventure a pu aboutir. Elle m'a soutenue, accompagnée, elle a toute ma reconnaissance.

À celui qui est à mes côtés dans la vie, témoin de mes balbutiements littéraires. Patient sans indifférence, indulgent sans complaisance, exigeant sans compromis, il a toute mon affection.

À mes enfants, ma fierté, à mes petits-enfants, ma joie.

À mes parents, à mon frère.

# TABLE

Achevé d'imprimer en janvier 2015
sur les presses de
Normandie Roto Impression s.a.s.
61250 Lonrai
No d'imprimeur : 1500030
Dépôt légal : janvier 2015

Imprimé en France